中国好诗

第

七

季

在众生中
被辨识

李长瑜

著

国际文化出版公司

·北京·

图书在版编目（CIP）数据

在众生中被辨识 ／ 李长瑜著 . -- 北京 ：国际文化出版公司，2022.10

（中国好诗 . 第七季）

ISBN 978-7-5125-1450-8

Ⅰ．①在… Ⅱ．①李… Ⅲ．①诗集－中国－当代
Ⅳ．① I227

中国版本图书馆 CIP 数据核字 (2022) 第 182313 号

在众生中被辨识

作　　者	李长瑜	
责任编辑	吴赛赛	
选题策划	彭明榜	
出版发行	国际文化出版公司	
经　　销	全国新华书店	
印　　刷	北京精彩世纪印刷科技有限公司	
开　　本	889 毫米 ×1194 毫米	32 开
	6.25 印张	100 千字
版　　次	2022 年 10 月第 1 版	
	2022 年 10 月第 1 次印刷	
书　　号	ISBN 978-7-5125-1450-8	
定　　价	58.00 元	

国际文化出版公司
北京朝阳区东土城路乙 9 号　　邮编：100013
总编室：(010) 64270995　　传真：(010) 64270995
销售热线：(010) 64271187　　传真：(010) 64271187-800
E-mail：icpc@95777.sina.net

李长瑜　河北吴桥人，1967年生。兰州大学EMBA，高级经济师，长期在企业工作。20世纪80年代末开始尝试文学创作，近年来专注于诗歌的体验写作，强调汉语诗歌的本土经验、个人经验与当代性。作品见于《诗刊》《作家》《十月》《星星》《扬子江》《诗歌月刊》等，入选多种选本。在甘肃生活多年，现居北京。

虚构的热情与真实的难度
——关于李长瑜的诗

◎ 霍俊明

我和李长瑜在诗歌上的交往时间并不长，可他的个人诗歌写作史却可以追溯到二十多年前。这么多年过去，李长瑜从来不称自己是"诗人"，而是一直强调自己是"诗歌体验者"，甚至更进一步地强调要敢于写出"试错"的诗。

1.

李长瑜因为工作原因在甘肃待了很多年，也结识了很多当地的诗人朋友。诗与生活同理，这甚至印证了华莱士·史蒂文斯所说的"文学不是基于生活的，而是基于对生活的命题"。（《徐缓篇》）这也印证了德里克·沃尔克特所说的生活的边界与语言边界之间的互动关系。回到一个人写作的起点，我们会发现"戈壁""雪山""嘉峪关""河西""祁连山""胡杨""石头""乌鸦""蜥蜴""羊群""风车"等词语和场景频频闪现在诗中。通过当时发表李长瑜诗作的一些刊物名也可见一斑，比如《飞天》《朔方》《绿风》《阳光》等，甚至他早期的诗还被纳入到"甘肃矿区诗歌"的行列当中。

在早期的诗中，李长瑜已经与空间、时间建立起比较深入的对话关系，当他说出"世界是一滩无尽的石子"的时候，我们已经和他一起来到了现场，感受到了一阵阵奔涌而来的狂风和空无。在这些开阔、粗砺、荒凉的"西部"场景中，我们更多看到了一个精敏、沉默、孤独和略显忧伤的诗人——他更像是深山峡谷中水线值班站的值班员——"我也见过 / 一眼望不尽的大戈壁上 / 一棵孤独的树。我也注视过 / 茫茫的草滩上 / 一头独立的牛"（《尘世之外》）。的确，有一点使得李长瑜显得与众不同，即他对细节、事物、环境以及世界能够保持审慎、精敏而又开放的态度，而更多的时候，我们是很容易被环境同化而对身边之物熟视无睹的。自觉的诗人一定会意识到不是靠经验的惯性和知识化的认知来写作。"想必是自己久居河西戈壁，看惯了晴天丽日也看惯了朗月当空，这就让本来很壮丽的东西，在我的视线里，不仅缺少了美感，寻不到内心的一点震撼，甚至已经平常得有些乏味了。"（《河西日月》）对身边和陈旧的事物应该有着崭新的发现，这一点是非常关键的，因为这会决定一个人认知词语和世界的双重态度，决定一个诗人是否具备现象学还原的精神能力——"我也追过火车，在戈壁滩上／不像人们熟悉的电影剧情／不是亲人的生离，更不是因为爱情／仅仅是因为好玩儿，或者／假想那列火车上／有什么事情"（《追火车》）。

　　一个诗人的成长、成熟甚至形成区别于旁人和同时代人的独特标识，显然与诸多的因素有关。这既与个人的先天才能以及语言的发现力、认知的敏锐度以及整体性上的探索能力和创造力有关，又与整体的生存环境、时代氛围和精神情势有关。这不仅涉及诗歌的内部构成，还涉及更为广泛而庞杂的外部场域。一个人对诗歌的认知程度又往往决定了其写作的边界和气象，所以诗歌观念、认识以及态度就显得愈发重要。这可以通过 2005 年李长瑜谈论甘肃诗歌和西部诗歌的一段话真切地显现出来："面对内地诗歌聚餐的时候，我们往往很主动地给自己贴上风味小吃的标签，一再强调地方特色，好像自己吃西餐少就烹不出国宴似的。这样就大化做小了，大省诗人的做派怎么能像个小脚媳妇（连婆婆都不是）？"（《甘肃诗歌的大与小》）

诗人与空间、地域（地缘）以及审美原型到底存在着怎样的关系？诗人的底气来自哪儿？

有一点是毋庸置疑的，即诗人要靠不可替代的标志性的文本说话，它们相对应于写作难度以及思想难度。而对于被有幸或不幸贴上了地方标签的诗人而言，这确实会存在很大的风险。20世纪80年代以来，我们已经一次次地目睹了被元素化、景观化、扁平化、固化的地方性写作，尤其是当诗人充任了旅游手册般的观光客式的短平快的眼睛，诗歌的深度空间以及诗人的深度凝视状态几乎被整体取消掉了。

2.

虚构是诗人的信仰，真实是诗歌的尺度。"最终的信仰是信仰一个虚构。你知道除了虚构之外别无他物。知道是一种虚构而你又心甘情愿地信仰它，这是何等微妙的真理。"（华莱士·史蒂文斯《徐缓篇》）

　　一个真正意义上的诗人，他应该持有对于虚构和真实的双重热情，而这二者显然具有同等的难度和重要性，然而我们看到的情形却远非如此。诸多诗人和评论家几乎只会选择虚构与真实的其中一端又自以为是、各执一词。尤其对于诗歌中的真实误解更深。显然，诗歌中的真实已然不同于日常真实，而是经过了必要的撷取、过滤、转化、变形和提升之后的语言的真实、修辞的真实以及技艺的真实、思想的真实。我们可以看看李长瑜写于 2011 年秋天的一首诗。

　　　　像身体迷恋罪恶

　　　　我迷恋它

　　　　它并不是一朵前世的花

　　　　不是失传的剑

　　　　不是遗书，甚至不是

　　　　几个错字……

　　　　它也不是

　　　　我喜欢的几个古人

　　　　在一起喝酒，抚琴，说话

不是生也不是死

更不是来世的一个谜语

和解答……

关于它

我知道得多或者不多

都可以不说

——《虚构》

我们都必须意识到诗歌的难度，意识到虚构和真实的难度。这关乎诗人对诗歌以及生活的态度——"我想求证 / 一些并不重要的事情 / 比如你寄养在乡下的麻鸭 / 比如我们熟悉的生活"（《妄语辞》）。正如当年伟大的诗人叶芝痴迷于将诗歌的语言、虚构、技艺、思想动态以及生存之谜和更为难解的神性巧妙而又戏剧化地转化为隐秘的诗歌法则和精神法则一样，诗人或者在真实中寻找非真实或者在非真实中寻找真实。

对于诗人而言，场景、细节、意象以及所携带的情感、伦理、道德和想象力，既是现实的又是虚构的，既是具体实践的又是理解和阐释的，既是经验现实又是想象真实。由此看来，诗歌更像是一次

次的寓言化的产物。质言之，诗往往从世俗和现场
中得来，但是又不等同于世俗和现场，甚至要在此
基础上寻找到另外的精神空间。

　　两朵云从甘肃飘向青海
　　一群羊过了桥进了天堂
　　我靠在桥栏上，面对滚滚而来的大通河
　　似乎什么也没想。那天

　　我看见一个红衣僧人从天堂寺出来
　　从桥东走到桥西，又走回桥东……后来
　　他跟一个大声说话的人并肩走了
　　他去的方向，正好不是
　　我去的方向

　　　　　　　　　　　　　　——《天堂乡日记》

　　具体到上面这首诗，如果没有最后两行诗的支
撑，那么基本就是平面化的场景描述，而恰恰是结
尾处这两句使得一首诗在有效性的前提下得以真正
完成，并且提升和拓展了现场化的精神空间。
　　还需要注意的是，诗无论是真实还是虚构都在
现代性情势下的"断裂"年代变得如此吊诡而又难堪，

这是对诗人的及物能力、精神能力和语言能力不断
制造压力的时刻——"在一个时代与另一个时代之
间,词语的声音的变化是真实的压力。"(华莱士·史
蒂文斯)尤其值得注意或提醒的是,诗人并不是在
诗歌中"说"得越多越好,而是要学会"少说"或"不
说",要学会让场景、意象以及人物、细节自身来"说
话",它们既是见证之物、记忆之物、命运之物又
是象征之物、时代之物和历史之物。这也就是我们
通常所说的要尽量处理好"词与物"的辩证关系。
这也是生命、精神以及记忆得以深度还原的过程。
与此同时,诗不应该是单向度的,而应该是融合了
对话、盘诘、思忖、疑问以及异质的综合化的过程,
只有如此,诗歌才能避免滥情易感或自我膨胀的乌
托邦。现实感更像是"沙制的绳索",是博尔赫斯
式的"沙之书"与"现实密码"。这是"沙之书"
般的扑朔迷离,是迷宫一样的真实,是经由真实和
虚构堆积起来的虚幻和寓言。这些虚幻和寓言比现
实更现实,比真实更真实。

时下的很多写作者都在争抢着赶写"现实",
但缺乏的恰恰是"现实感"。李长瑜是不乏现实感
的诗人。"我在一本书里藏好了逃亡的路 / 它的厚
度,不仅适合谋生 / 或许还能挤进几个亲人 / 挤进

一些往事 / 我也试图安装一道暗门 / 怀念深重的时候 / 封底的莲花 / 或许会授受秘咒 / 让我的回归，成为一段时光的回归 // 可这本书，已先于我逃亡了 / 我的书架上 / 开满了尘世的花"（《现实》）。在现实感问题上我认同以赛亚·伯林的这句话："那些伟大的体系建构者们在他们的作品中既表达又影响了人类对世界的态度——看待各种事件的方式。现实不等同于现实感，生活也不等于写作。"

3.

诗歌肯定少不了及物性和见证的成分，但是诗不等同于此，需要强调的是，很多诗人还在依赖经验写作。

现场不缺乏见证者，而见证者如何将现场和偶然事件上升和转化为文学意义上的精神事件则是另外一回事。是的，诗歌就是一次次或大或小的精神事件，他们有时候来自经验和常识，但是最终诗人能够将人们忽视的一面强化出来，日常的和隐秘的关系再次得以强化和纠正。我们可以来看看李长瑜下面的这首《橡木》。

橡树的命运很难终老一生

它们早早地成为橡木

跟椴木、松木不同

那时的它们成为家具的机会并不多

更多的时候它们是屋顶的椽子

是过冬的炭，是炖肉时灶里的硬火

还有一些会成为溪边的橡木段

我不喜欢它们浑身湿透的感觉

却喜欢它们长出的木耳

有着梦一样的颜色

和曲线

橡木的用途作为常识的一面被诗人一一展现出来，而橡木所携带的命运感才是诗人更为关注的重心，所以我们看到了与橡木联系在一起的不同的场景和生活状态，看到了那些熟视无睹中只有诗人才能注目和意识到的"颜色"和"曲线"。

关于作家和经验的关系，我想到捷克作家赫拉巴尔的一段话："我和他们称兄道弟，水乳交融。我认为，那些人和画面蕴含了面包的酵母，我的故事就像我们每天食用的面包，用自古生长于这块土地的谷物糅合而成，只是，在面包边上我搁了一把实用的小刀，它不仅面包需要，人类的命运也需要，那就是写作。"是的，对于"经验写作"来说，我们都需要这把修剪经验的"小刀"。华莱士·史蒂文斯更是说过："随着年龄的增长，从自身的经历中采撷诗歌与纯粹的诗歌写作是两码事。"（《徐缓篇》）在很多时候，写作者窄化了对经验的理解和运用。实际上，就写作来说，这一经验既是个体的现实经验、地方经验又是文化经验以及想象化的历史经验。从来没有像今天这样，现实经验对作家的要求越来越高，因为时时翻新的各种现实新闻已经超出了作家想象力的极限。由此，作家们必须重新认识"诗与真"的问题，必须在文学世界中重建经验的真实感和命运感，"为既决定整个现实的命运又决定诗歌的命运的那个维度而努力是必要的。"（米沃什《七宗罪》）

由此，诗人必须持有好奇和疑问，他不只是回溯的过去时的记忆者、烟尘滚滚的当下的描述者，甚或表态者和发言人，他更应该站在历史和未来的精神共时体的层面来预见或言说——

感染我的还有他的神情和眼光

尽管我不知道

一位诗人，是否该像天文学家一样

满怀喜悦地期待着

45 亿年之后的事情

——《仙女星系》

　　这么多年阅读诗歌，我一直对那些言之凿凿甚至真理在握式的诗人保持警惕和怀疑的态度，全知全能的上帝般的视角我更是不可能接受，而更多情势下，是偶然性导致了诸多的戏剧化的人生因素，"有些事物本无关联／比如一个拐弯，一段往事，往事的往事／却因为一个路人……／之后／重归平淡"（《关联》）。诚如辛波斯卡说过的，在世界面前任何一个人都是充满了各种局限的，包括认知、眼界和感受等诸多层面的。所以，我们才更加确认自我和自我争辩产生的是诗。诗人是站在世俗中说话的，对于那些诗中完全没有"杂质""杂音"的"纯诗主义者"和精神洁癖者，我同样是持怀疑态度的。李长瑜显然对此也抱有同样审慎的态度，"禅从古代来，始着玄衣，再着青衣／误入一场酒局，始素酒，再杂酒／大杯换小杯，一场生两场"（《冥想》）。

4.

我认同西川说的"太像诗人的诗人不是好诗人"以及"太像诗歌的诗歌也不是好诗歌"。这种脱离了诗歌的一般化面目和惯性表达而具有"反诗歌"倾向的写作方式实则代表了写作者对文体和现实的双重理解。既然写作经验和现实情势都已经发生了变动,写作者就不能站在固化和传统化的文体意识中如陀螺般原地打转。所以,我更愿意接受一个充满了困惑和诘问以及敢于揭开自己短处的写作者——"我也是一个未解之谜。同你一样 / 我们有细小的缝隙,我们发微弱的光 / 有时罪恶深重,有时悲天悯人 / 下雨时或者莫名地感伤,或者窃喜"(《自语》)。甚至,诗歌有时候也允许"泥沙俱下"的感觉,允许诗中掺杂和包容各种异质化的因子和偶然性的因素,允许把诗写得不太像诗。这在一定程度上也对应了现场感就是命运感——"我曾走错路,一小时之内三次走过同一座天桥 / 我曾站在天桥的中心,希望等我的人 / 能够早一点看到。现在 / 我想选一座天桥走过去,走到街对面 / 再走回来。然后 / 再走过去"(《过街天桥》)这维护了诗歌最起码的真实,也即"诗歌之真"以及"诗性正义"。

显然，李长瑜就是这样的写作者，不急于和不满于说"是""我知道"，而是在审慎和开放的态度中保持对事物以及整个世界以博尔赫斯"沙之书"般的疑问方式进行扭结、盘诘——

> 它总是突然地奔跑，然后
> 戛然而止。这一次
> 它正好停在了我的面前
> 我们对视
> 我知道它的前途和来路
> 都如沙丘一样起伏
> 它的淡定
> 却让我像一个不知所措的人
>
> ——《蜥蜴》

这是深度凝视的结果，经验和感受以及想象同时参与了这个转瞬即逝的日常化而又具有启示性的过程，而反差、调校、认知以及诗歌的真实也由此生发。通过一个小小的物象却能透析出世界的本质以及内在精神构造。这是真正的诗人所为。

李长瑜提醒我们，诗人和作家应该完成的是现象学意义上的"原在"描述，这是对事物"如其所是"

的本源和内核的深度理解，这得力于诗人个人化的现实想象力。还原是对过去时和生存真相的重新聚焦，而涣散的碎片却一次次阻止这一过程。

随着阅历的丰富以及智性的拓展，诗人会在物象以及场景中投入更多的主观介入或对话的成分，这是物象已经承载情志的特殊容器，比如《惊蛰细读》《看山》《湿地》《走过》《吃斋》《与一只蚂蚁一同仰望》《喜欢》《草湖》《最后一场雨》等诗，李长瑜都是借助看起来日常化的湿地、松塔、树叶、山体、蚂蚁、飞鸟、蝴蝶、石头以及流水等强化了个体主体性的认知与感受。尽管他会刻意强调自己以及事物在很多时候只能充任"旁观者"的角色，但这些看似日常之物却能够在最大程度上连通我们的精神法则的线路，挑动麻木的日常表象之下的闪电或者渊薮——"眼前，寥廓的夜空，背后的蜗居／如果视线再好一点／就能看到西山了，可看到西山又怎样／到了这样的年龄，无论身在何处／都应该学会感激／我的贪恋已经不多／我只是希望，在夜晚也能和一座山／相互之间望一望"。(《看山》) 无论是"看山是山"还是"看山不是山"，都会导向真正意义上的诗歌产生。这也是一次次的自我打量携带了精神重力的时刻，是一次次在现实世界试图泅渡到彼岸世界的动念或"妄语"——"只要愿意聆听，风便讲述 / 有时也会扯扯衣襟 / 落地的松塔 / 酷似几个俗人遇到几个僧人 / 钟声还远，尘缘还深 / 无论快慢 / 此时走过无异于走过，鸟鸣无异于鸟鸣 / 而树不仅是旁观者 / 阳光被树影剪碎，像是我 / 心甘情愿用大片的时光 / 换一地碎银子"（《走过》）。

由李长瑜的诗我想到了一个问题。

诗人要吃饭，僧人要吃斋；诗人靠语言安身立命，僧人要靠念经日常修行。实际上，诗人和僧人所要做的一生之功课相差不多，既要渡语言的劫又要渡自己的心劫。这是一个人在众生中被辨识的过程，也是语言和命运在诗歌中被重新辨识、发现的过程。

2022 年 8 月 1 日于北京

目录

第一辑　或许，我有另外一个理由经过

第二辑　有时是铁，有时是颜色

第三辑　像岸边的树影挡住一条河

第一辑

或许，我有
另外一个理由经过

天堂乡日记

两朵云从甘肃飘向青海
一群羊过了桥进了天堂
我靠在桥栏上，面对滚滚而来的大通河
似乎什么也没想。那天

我看见一个红衣僧人从天堂寺出来
从桥东走到桥西，又走回桥东。后来
他跟另外一个人并肩走了
他去的方向，正好不是
我去的方向

傍晚时分

风是树的同谋

被撕碎的光

落在

另一些事物上

那些迷人的散碎银两

该如何收藏

羊是过客

一群羊，低头吃草

一只羊

举头凝望

戈壁的片刻时光

有些石头闪着奇异的光

像是聚集了某种人们期待的力量。也像是

另一维度遗落的钥匙，留足了想象

但大部分石头，保持了沉默

也会有低矮小巧的野花，吹着无声的喇叭

她们的根系发达，通常能够抵达

地层深处的秘密

这种秘密

是甲虫和蜥蜴们能够听懂的

它们快速跑过午后滚烫的石头表面

在某处细小的阴影里

安静下来

而天上，空虚是蓝色的。翅膀是黑色的

风

有时也是寂静的

雪山之下

巨大的风车，承接了雪山的银色

它的转动或快或慢，总能把一小片光

反射到太阳能光电板上

之于能量，这应该是微不足道的

之于某种联系的不可或缺

一定有着背后细密的逻辑

太阳能光电板所具有的几何之美

并不挑战雪山的威仪

它们有相似的聚集、铺排、延展和辽阔

这是一种述说，也是一种领受

其实，收集阳光和风

并不比雪山放牧几条河流，更具有抽象性

雪山之下，高速公路和高速铁路

平行地通向远方。汽车、火车，不舍昼夜

载着人和故事，也载着

煤炭、矿石、钢铁和智能机械

而道路的上空，常常会有一些鸟

不高不低地飞过

湿地

泥泞与滩涂更懂得待客之道
大鸟是常客。水面上
幼鸟急于练习起飞，亲鸟
像是更专注于指导降落
也有旁观的，也有熟视无睹的
像另外一种思考

人类的窥探有时则需要某种仪式感
长长的木栈道要拐好几个弯
夹道的芦苇簇拥着，甚至呼喊着
尽头的观鸟亭，的确是个开阔的所在
是个易于观瞻的所在。却也是个
不得不原路折回的所在

其实不走那一段庄严的路
也并不缺少风景。你看
夕阳慷慨，给万物镀上了金子
最出彩的是芦苇
有人像芦苇一样清贫，有人
像芦苇一样富有

一只乌鸦口渴了

外衣遮住太阳

我躺在荒滩睡了一觉

醒来的时候

正好看见一株在风里摇晃的草

还有一片顺风而来的羽毛

我莫名地想起一则广告

广告说一只乌鸦口渴了

口渴的乌鸦衔着石子

丢进一只盛水的瓶子

我也口渴了

口渴的我站起来望了很久

望不见乌鸦也望不见瓶子

世界是一滩无尽的石子

下西村黄昏里的两只公鸡

夕阳撒下整街散碎的金子

像是设下了赌局

我看到

两只厮斗的公鸡……

一只抖抖翅膀高亢地鸣叫

像是我某个时刻膨胀的情绪

一只惶恐着默默走开

更像我的忧伤扑面而来

尘世之外

我去过深山峡谷中的水线值班站

远离尘世，疑为仙境

可寂寞却是一种持久的毒

那里的人已经不会交流，很少说话

总是以酒解毒，之后

以毒解酒

我也见过

一眼望不尽的大戈壁上

一棵孤独的树。我也注视过

茫茫的草滩上

一只独立的牛

风吹

风不大，不大的风一吹
大片的油菜花就开了
风不大，采风人如成群结队的蜜蜂
从四面涌来，像是不大的风一吹
就能窥知黄金期货的秘密

同样的蓝天白云下，道路左侧
是冷静的山水、孤独的骑马人
和零落的羊群。像是风
忘了吹

身在嘉峪关

一场大雪从关内飘向关外

是否真的能让

万树花开

如果是在古代

我希望遇见一位操着乡音的壮士

向我讨半碗水喝

或是恰巧看见

一位侠女骑一匹好马，走过我的门前

偶有故人远行

西风残阳

就不要再回首一望了

那时的我一定也是一位客居者

随一片云而来

因一首诗而留

或许瘦小的身躯挡不住关城上的风雪

那就安心在城脚下

做一位匠人吧

匠人有匠人的幸福

巍巍雄关，战士的刀锋上

有我的铁

就像现在，我仍愿意是一位炼铁者

草湖

黎明或者黄昏都是好时光

野禽遇到了家禽

像是想起了前世的什么

能否仅凭一个眼神

就在此生相认

像一尾鱼

认出了岸边的一个人

有些故事喜欢像河水一样流淌

有些人

喜欢一汪静水被风吹皱

我不是那个垂钓者

可以经年羡鱼而无所捕获

我顶多是个旁观者

透过疏疏密密的芦苇

偶尔在，偶尔不在

最后一场雨

再添一两件衣裳

就剩下今年最后一两场雨了

文殊山撑起的黄昏仿佛只在远处

近处的天阴着

像是藏了什么

一些树的叶子已经飘落

另一些叶子还在等

不知道在接下来的时光里

哪些事物

能和我一样欢喜

几只鸟飞了过去

没有涟漪

立秋

过了河再往南走

庄稼都该收了

或许小寺院的钟声也能飘过来

跟春天时一样好听。蝴蝶

那种很单薄的飘飞

在钟声里

更让人联想起传说中的灵魂

而这一个灵魂

是我愿意亲近的

如果能再往南多看几眼

看看雪山

一种感觉略带了寒冷

西风就要来了

远处

老国道和高速路都是东西向

这常常让我误以为

只有东面，或者西面

才有远方

其实我知道

翻过南面的雪山就是青海了

沿着一截土长城向北望

看到黑山脚下的嘉峪关

心才会咯噔一下

那是多少旅人更尽一杯酒的地方啊

一朵不大的云还在往远走

等这片阴凉转身回来

就到下一个季节了

彼岸

讨赖河像一道刀痕

受伤的是这片戈壁

戈壁永远都是饥渴的

讨赖河却只躲在伤口里

不为所动

那座被称作第一墩的烽燧

其实更像一个汲水者

身后的土长城蜿蜒而上

就这样把一串秘密，或者咒语

交到了岁月的手里

还是有一只鹰读懂了什么

不再盘旋，直接飞远

留下身后一群燕子

围着关城飞来飞去

经过

这一条河里藏着风
岸上是雪。我不是那个骑瘦马的古人
或许，我有另外一个理由经过

关城不远，小钵和寺的钟声若隐若现
遗漏在钟声之外的时光
缄默成空。想起有谁说过，大背景
是不入画的

戈壁

一群乌鸦飞进黄昏，黑

从远处壮大起来。我们很快被忽略了

一切细节都被忽略了

只剩下深不可测的山影，和天上

众神慵懒的眼睛

复述

云又低了一些。飞过的鸟

还会从另一个方向，再次飞过

我捡到的羽毛，有白色的

也有黑色的

可我没有听到它们的啼叫

雪山，看起来很近

其实依然是比较远的事物

一条上山的路，我们可以只走一小段

同行的人

有的陪我来过，有的

还会再来

鹰腿骨烟斗

乌鸦和老鹰

是开在天上的黑花。谁更像一个窃密者

趁着夜幕降临，遁回某个古代

把今天的秘密

交给一个收购未来的人

今天的秘密

是多么吓人的秘密呀

或许它需要一支烟斗来销毁

我在

我喜欢在这大片的芦苇中间垂钓

喜欢它们从不介意我的饵

像一颗心，沾一尾遇到的鱼

一些水鸟飞得不低也不高

鱼的幸福与伤痛，它们并不知道

它们只发现了我

像是发现了罪恶

我知道我是需要救赎的

芦苇轻轻地摇晃，把我掩盖好

像波涛

遗漏

一条土路的蜿蜒与长远显得必不可少
一辆卡车在赶路，越来越小
比卡车更小的几个黑点是我的同伴

我坐在一块风化的石头上，等他们越来越大
偶尔看见一只蝴蝶，是那么孤单

大雪

有时天是黑的地是白的

一个人的背影

可以是黑白相间的

我不是走在前面的那个人

就像大雪跟着小雪

大雪是个节气

小雪也是。不同的是

想象中不远的距离

看上去，却是茫茫的

茫茫的

无边无际

喜欢

我不能代替一只蝴蝶飞过河
去喜欢另一只蝴蝶。水从西来
向东去，在看上去不该拐弯的地方
拐了个弯
拐弯处有几棵大树，鹊鸣鸦语
像是埋伏已久的秘密

我喜欢隔河南望，却不必过河
南岸有南岸的故事
南岸，南岸，野花灿烂

夜

这一夜没有风雪

这一夜安然入梦。这一夜

还是被一列吵闹的火车搅扰了

那就干脆

让我把这一夜的黑暗

煤一样装满火车

开往一个燃烧的地方

塔

几片白云恰好是它的背景

身边的碑是它的传记吧

我只是靠近

我没敢阅读。我怕那些讲述

会让我肃然起敬

天祝

是谁把阿尼格宁山的雪

藏在一群牦牛的身上

牦牛驮着雪，从祝贡寺走到天堂寺

雪就变成了盐

祝贡寺的僧人悬壶煮雪的时候

天堂寺的喇嘛

或许恰好舀起一瓢水

大通河水是不上山的

它刚从雪山上下来

不回头了

无名帖

一定有人以为，旷野的天空是几棵树支撑着

就像有人以为城市的天空

是几片高楼支撑着。一定有人以为

高原的天空，是高原本身

或者高山支撑着。就像有人以为

高原的天空会变矮，伸出手

日月星辰就能重新安排

也会有人以为，天空是由天空中的事物支撑的

比如流云、飞鸟，以及我们看不见的存在

也会有人以为，天空是由一种颜色支撑的

就像我们所说的蓝色

或者之外

有别于其他的荒凉

雪山在南，戈壁在北
中间的长城
是一段段残破的土墙
一小片白头的芦苇
逆着光

此时，没有风
整个的视线里，会移动的
只有一群羊
牧羊人被土长城挡住了
能听到他的吆喝声
像喊，又像唱

速记

白云去留无意，说走也就走了

酷似一队骆驼的雪山

一直没能走远

我知道雪山的背后

其实还是雪山，望过去

却是一片天

转身回来的也许会是厚重的乌云

也许，大雪就要封山

而草滩上，是另一些事物

另一场雪

与一只蚂蚁一同仰望

刚刚被风沙打磨过的石子有些滑

一只蚂蚁趔趄了一下

它抬了抬小脑袋，像是仰望着我

如果它真能看到我

一定比我看到的雪山还高大

我也模仿着它仰起头——

没有白云的蓝天显得有些空洞

几只黑色的鸟不是鹰

它们的飞翔

却也是我喜欢的样子

几排白杨树

白杨树

几排让我有些不敢相认的白杨树

灰黑色的枝条像铁制的筋骨，都齐刷刷地

伸向一侧。像是另一侧

从来不曾生长过

此时没有风，我却看到了风的姿势

我曾经在风里，却不知

它藏着锋利的刀子

蜥蜴

它总是突然地奔跑，然后
戛然而止。这一次
它正好停在了我的面前
我们对视
我知道它的前途和来路
都像沙丘一样起伏
它的淡定
却让我像是一个不知所措的人

戈壁

那不多的一些植物——

红柳、梭梭、芦苇，还有一些不知名的杂草

都向低处聚集。虫鸣

以及与之相关的爱情，或者伏击

也向低处聚集

高处只有沙砾、烽燧

再高，就是云聚云散，就是

斗转星移

讨赖河峡谷冰沟口

自此南望，已不可望

过于近的山崖不仅挡住了目光

也限制了想象。头顶突然出现的白云

向北飘去了

北面有长城，有雄关，还有我的家园

而此时我在一条水边

这是唯一流经我们城市的河流

它如此瘦弱

我需要为它劈开大地深陷其中

找到理由

捡石记

通常我们会打一桶水

用来弄湿河床上的石头。石头们正睡着

像我们沉默的样子

弄湿，只是为了引诱它们

说出秘密。有时

也会用小锤子敲打，用油石条磨砺

逼迫它们，显现纹理、画风

和质地

而这条小河，水已经不多了

不多的河水，摸着石头

经过了这里

采玉人

怀里揣一块玉，上昆仑

种瓜得瓜

昆仑雪大，无瑕

人再冷玉都是暖的

让玉再暖暖吧，再暖暖

就回家

坡陡无路

石滑

你不要太想家啊

不要太想家

妖魔峰

我走以后祁连山变得更高冷

雪冠遣散了白云，苍鹰下落不明

有一天我给一个山坳里的朋友打电话

很久都没接通。后来他抱怨说

天气不好，信号翻越不了雪峰

这让我想起第二高峰妖魔峰

它的名字容易招致众神的嫉恨

我曾无数次与它交换过眼神

却至今没有确认。就像当年

我问肃南草原最会唱歌的卓玛

哪一个是第一高峰

她向南指了指，我看到

高天碧蓝，群峰汹涌

第二辑

有时是铁，
有时是颜色

雨季

有时天空阴暗

会带来一些凉爽。有时雷电

带来不同的雨

我并不讨厌阵雨的慌张

或者猝不及防。却有点喜欢

雷声过后的细雨

如诉如泣

我可以像一个局外人，隔着窗

似懂非懂。其实我也早已过了

听故事的年龄

讲故事，或者写故事，又会因为

那些小恶小善，陷入难以拿捏的困倦

而大是大非是不能说的

也说不好

——那是暴雨的权限

浅夜辞

没有什么是可以不还的，只有分量

可以商量。像青草变黄

水分丢失

如果出生是一次借贷

自首，似乎并不会被谅解为坦白

一些事物经过相邻的小院

经过丁香与玫瑰，在树下

或者葡萄架下停留

也只是暂时躲过了时光的追捕

有一种逃脱是幸福的

像在众生中被辨识，像星空灿烂

而遥远

扑火

似乎很近，故事里没有通道

也找不到秘密。蝴蝶与蛾的区别

显然被夸大了

我不在高处，也不在低处

能够摸到风，像树一样

易于呼应

也像人们习惯的那样

易于飞入

一本普通的书。做一枚签

或者成为标本

不无辜，也不庆幸

就像是蝴蝶还是蝴蝶

而另一个人，一直安静着

不被打扰

自语

我也是一个未解之谜。同你一样

我们有细小的缝隙，我们发微弱的光

有时罪恶深重，有时悲天悯人

下雨时或者莫名地感伤，或者窃喜

我曾反复地抛一枚硬币

正反两面，像写下一个人的名字

再擦去

抽屉里有多年没有寄出的信

常常想起你说过的话

比如："因为恨，无法忘记"

同你一样，我也会在某个俗常的下午

无比安详。

腹中辞

它不是一个饱满的词。可以瘦削

但不能羸弱。可以不冷、无光

可以锈迹斑斑，但不能坏了筋骨

不能蚀去内心的尖锐

我愿意，愿意收藏这样一把匕首

入梦前，垫于我劳损的腰间

或永久埋入我温热的肚肠

我不说出它

它不离开我

致远

我可以

装聋作哑，不说话

我可以只背靠

一枝花

可我不能远逝

还有明月和星空需要照看

还有良心等待修缮

还有仇恨未曾和解

在人间

喜欢星空是一些人的天性

大多时候，星星们之间保持着恰当的距离

与人类的遥远与联系

也恰好是遐想所及。夜幕初降

我们常常只能看清一颗星星，明亮且抵近

它的可疑在于，它就要混入城市的灯火了

而它离人世越近

它也就越近似于离群索居

的确，在夜晚的一扇窗里，看万千扇窗的灯火

就像是看到了另一个星空

而月亮也有高调的时候

它有时在两个星空交汇的边缘

有时比对面的窗还近。它与众不同

却从不孤独

不回避人间的亲人

百年之后

百年之后，我也不会抵达
另一个星球
星星是可以反复讲的故事
一棵树也是。我的怀旧
正如一个诗人的怀旧
像一把刺破维度的小刀
在未来的时间里挖了一个洞

或是蛮荒之地，树边有花
花边有刺，或是这几十年的琐事。
我知道越是朴素的事物
越有强大的引力。回归
是必然的
像一枚飞出大气层的石头
又回到凡间，继续沉默

百年之后，我也会暗下来
紧挨着另一小片暗物质。只保留
世界不易察觉的温度

虚构

像身体迷恋罪恶
我迷恋它

它并不是一朵前世的花
不是失传的剑
不是遗书，甚至不是
几个错字……

它也不是
我喜欢的几个古人
在一起喝酒，抚琴，说话
不是生也不是死
更不是来世的一个谜语
和解答……

关于它
我知道得多或者不多
都可以不说

窗前书

每个人心中都有一块铁

它沉重，坚硬

看似容易伤人，却更容易

受伤。秋后的雨水

鳄鱼的眼泪，都会让它

锈迹斑斑。它也并不耐热

一段少年的梦

或者你恋爱了，它都可能

熔化。以水的姿态

流向低处

如果你胸中垒起石头

它也会磨砺出寒光

或在腹中久炼成丹，或从双目

偶尔溢出

清明。老院子

玉兰破碎的杯盏，已盛不住
春风。高大的银杏树
刚刚萌出的嫩叶，让我怀念
历史里的小钱。
旧时光里，有多少人是用
这些小钱沽酒？
而醉过的人，都走过一条小路

一只喜鹊的叫声
过于脆亮，如同一小片白
覆盖了一小片黑，使我的内心
错过了悲悯。
我想它是偶然的，可我的内心
再一次迟到了。

序

鸟鸣没有绽开。有少许黑暗
沙哑，撕扯
这个季节的早晨
总是跟在人们的后面。道路
像汹涌的河流

也许并不相关，枝头的叶子
一片一片掉下来
铺满小街
那个穿黄背心的人，扫成堆
装入袋，运往尽头

我们

你并不能证明你就是你

有一天我会路过天堂或者地狱

像风吹竹林，经过你的美

和丑。我可能并不会惊讶于

那些未知的好事和坏事，也可能过于惊愕

因而忘记了面对天空或者内心

照一照自己

如果你向我伸出手，掌纹还在

如果掌纹消失，骨骼还在

如果骨骼消失，密码还在

如果连密码也消失了

我，会留下来

剧情

一只乌鸦的啼叫声，往往决定了它

被喜欢的程度。有时预言成真，并不比缄默

更能立于不败之地。冬日长安街的夜晚

树上的乌鸦像浓密的叶子

却不会有一声鼓噪。它们的默契

远胜于一个团队的默契

有人站在西单大悦城的连桥上

跟它们合影。有人做投掷状……

它们始终像是安静的观众

不参与舞台上的剧情

有人放心地在它们的围观下拥吻

有人爱情丢失

似乎，也无关它们

火烧了一夜

火烧了一夜

等我醒来，它才平静下来

它的余温，不仅让我想起一些人和事

它让我此时

更想要一根火柴。你看

架上那些书页

写满了诗歌，故事，和哲学

还有我们的书信

还有我们撞上和错过的爱情

这些都是上好的引火之物

包括那片

仍在值守的窗帘

有时我会相信万物的宿命

有时，我需要手术刀向内切开

有时像现在一样

渴望一根火柴

止于此

月光有些凉。月

在两天前圆过，现在，它的右上方

稍稍有些塌陷

露台上的小圆桌，围着四把椅子

我坐一把。其余三把

刚刚有人坐过

天空的颜色幽暗

却像是埋藏着深远的光

这让我想起一些历史里的人

树的剪影晃动，又像是走过

几个熟悉的人

此时群星隐忍

输给了万家灯火

看花辞

鸟看花的眼神与人不同

通常有持久的淡然和冷静。喜悦

也与花开无关。

这并不影响一些花，开在鸟鸣所及的地方

枝头间，鸟的跳跃也会摇落花瓣

亦如风吹。

其实花开时便已自知所归

落入流水，辗转漂浮到另一条河的岸边

才是命运多出的一段

仙女星系

一位搞天文的朋友
给我看一些图片，给我讲述恒星与星云
我不懂
但我喜欢天空里的沙粒
喜欢黑色幕景上那些细碎的光
也喜欢一些易于联想的名字
比如仙女星系

他说：
仙女是人类肉眼能看到的最远物体
也是距银河系最近的主要星系
她离地球 250 万光年
因为在同一轨道上，大约 45 亿年后
会与银河系碰撞，融合……

感染我的还有他的神情和眼光
尽管我不知道
一位诗人，是否该像天文学家一样
满怀喜悦地期待着
45 亿年之后的事情

风雪

就像夜空需要三两颗星星

守护真相一样，我需要一小块黑暗

掩藏秘密

我害怕

如果我轻薄的影子也被风雪刮走

我就注定是一个孤独的人

现实

我在一本书里藏好了逃亡的路

它的厚度，不仅适合谋生

或许还能挤进几个亲人

挤进一些往事

我也试图安装一道暗门

怀念深重的时候

封底的莲花

或许会授受秘咒

让我的回归，成为一段时光的回归

可这本书，已先于我逃亡了

我的书架上

开满了尘世的花

坚果

打开的方式不一定需要外力

而我递给你的那一枚

使用了榔头。另一枚

我试了试牙齿

这方法有点傻。牙齿疼痛时

我才注意到盛坚果的盒子里

还有一个专用工具

它很好用，在压碎果壳的同时

保留了完好的果仁

像知己，了解一个人的内心

可我还是有点傻

一边击碎它，一边相信

打开的方式并不需要外力

一边击碎它，一边相信

种子会发芽。

催眠

大梦有大弯曲
孤独的人，夜是直的

我只想做个沉寂的人。只想
用更大的杯子盛满月光

可这不是一条逃亡的路
草木上栖息着柔软的光
野花开在更野的地方……

这不是一条逃亡的路
它太像
我们一起走过的一段过往

镜子

我捡的石头还给了月亮

它们在回忆里开花

忏悔时开白花

如果开出的花是淡黄色的

那一定是还有些许温暖

没有遗忘。和我一样的人还有很多

我们在地球上捡拾

会消耗一些光

月亮因此并不饱满，有时还会塌陷

不好不坏的是

我们一边占有，一边交出时间

昨天一朵一朵开过

又一朵一朵落下

有的坐了果，结了核

我捡的石头从来不红不白

也不一定光滑

走过

只要愿意聆听，风便讲述

有时也会扯扯衣襟

落地的松塔

好似几个俗人遇到几个僧人

钟声还远，尘缘还深

无论快慢

此时走过无异于走过，鸟鸣无异于鸟鸣

而树不仅是旁观者

阳光被树影剪碎，像是我

心甘情愿用大片的时光

换一地碎银子

入夏

你在金牛座上开花

我想起蔷薇的不浓不淡

这时雨下大了

真的很大。我抱着十本书

和一瓶红酒

让滴滴司机开慢点

神奇的是，过了梅溪湖

雨立刻就停了

街灯照亮的人们

有人穿着依然厚实，有人穿着裙子

这让我发现夜幕是块好布料

适合手工缝制。而裁缝

就要到了

只有黑夜能让我们看得更远

给木星穿好衣服

给土卫 2 新梳了刘海

仙后座是我们能用肉眼看到的

最远恒星。它距我们有 1.6 万光年

每一颗星星都是宇宙里

活着的石头。而暗物质随时穿过我们

像一种神秘的河流。你这样说时

窗外

太阳已没入楼群

夜幕就要降临

星物语

织女星妆容陈旧。狮子座并不理解

自己衰老的速度。昨晚

他们都喝多了

竟然忘记了发光，但实际上

发出的光比平时要多

A 女士是个天文爱好者

L 医生并不是

但昨夜他们在不同的城市

看了相同的星星。L 医生其实只关心

一对硕大的乳房能养育几只小狮子

A 女士像是自言自语

说 1.3 万年以前织女星曾是北极星

1.2 万年以后

她还会回到北极星的位置

橡木

橡树的命运很难终老一生

它们早早地成为橡木

跟椴木、松木不同

那时的它们成为家具的机会并不多

更多的时候它们是屋顶的椽子

是过冬的炭，是炖肉时灶里的硬火

还有一些会成为溪边的橡木段

我不喜欢它们浑身湿透的感觉

却喜欢它们长出的木耳

有着梦一样的颜色

和曲线

记录

我要按捺住——

不邀请已逝去的人

不看身后的路

不在一道水的拐弯处停留

不喜，但更多的是不悲

我可以像一块石头，沉默

但石头遇到烈火也会说出什么

有时是铁

有时是颜色

下午茶

有时高台上，悲怆

来得太突然。有时雪花如席

雄关漫道，那匹远离故乡的马

不想再多走一步

有时蒹葭苍苍

白头如错过的淑女

……而此时

此时万物安静。窗外

有几朵流云

我在翻一本旧书，书中

有几个不认识的字

和几个喜欢的人

暮雨帖

西城暴雨。东城

有多少看客以及相关的思想者

并不可知。距离不仅仅是一种差别

东四环以东的天空

黑暗。稳重。寂静。

向西看，黑

似乎仅仅是某种不可缺的幕景

闪电连绵不绝

盛大，犀利，并且尖锐

雷声像是迟到的翻译

声强力弱，让人怀疑

除了抽象性，是不是

隐匿了

无法言说的部分

致

时间久病不愈

移动的口罩，像是翻晒旧疾

习惯曲线的公交

绕过了什么。喇叭声很响

又击中了什么

随后的寂静像一片留白

终点不只是个换乘的地方

对面有个花店

不同来路的花卉拥在一起

你看，枝叶跟花朵抱得那么紧

红花跟白花，抱得那么紧

上山

有时到河滩，只是为了捡拾喜欢的石头

河里的石头没有棱角

圆润增添了它们的美感

而沉重，是一种必需的分量

他们或许是有身价的

这可能缘于某种色彩

以及写意的画面。也可能

仅仅是因为质地的细腻与坚韧

山上的情况有所不同

一石成山，或者危崖百尺

总会有更多的关注。称作石头的

已经落入渺小

上山，有时仅仅是检测一下时光

留给自己的余力。

或者偏偏就想

望一望谁的项背

有时也有兴致带回几枚树叶

或松果。更多的时候

只是听听鸟鸣

吹吹风

有寄

今晚有好的月光

适合晾晒深情的事物

比如蜜和盐。

我迷信一些好日子

也迷信最好的日子适合共享

双数借给乌鸦，单数留给小兔子

也没关系。而你寄来的李子和芒果

总是配有麻辣的蘸料

这让我想起海南有一种黄瓤的西瓜

很甜。而当地人吃的时候

习惯撒上一些辣椒面

他们习惯就好啊。他们吃着习惯

我就看着习惯

像是在等什么人

沿着道路或者水边，我的走
是漫步式的。也有如我一般慢的
像漫不经心，也有很多疾走的人
像来去匆匆

有的人会在这个黄昏里与我碰面好几次
变得面熟。有的人背影熟悉了
却又再次远离

我不是一个多愁善感的人，我的慢
有时仅仅像是不忍离去
有时，像是在等什么事
像是在等什么人

寻隐者不遇

当年我追踪一只山羊攀上高峰

本想寻访传说中的隐者

却惊动了闲散的白云

一定是一首古诗走漏了风声

如今人人都知道，燕山已空

只留下轰隆隆的雷声

选择

如果一只蚊子，只是默默地叮咬

也许我会忍耐

但它哼着小曲就会让我焦虑

再比如水在天空聚集

我感到头顶盛水的袋子已经薄如蝉翼

我该不该找个高个子

用雨伞捅一下，或者我自己

使劲儿咳嗽几声

红螺寺

我惊喜于我发现了两朵蘑菇

它们是听着诵经声开放的吧

如果就这样带着露水吞下

是不是能够即刻觉悟

我仅是捡了它们身边的几枚橡果

我只想把这几枚橡果

带回家

及物

依次是

高处的蓝天，偶尔飘过的白云

仿古建筑的几何侧面和多个檐角

檐角上会有喜鹊暂栖

它们轻盈的短飞，强调了

一小块黑白的对比

也强调了一副较长的尾羽。

再往下看

会是排列整齐的窗子

几棵高大的银杏树，夹杂着几棵白玉兰

和紫玉兰

中间的空地停满各色的汽车

这是常年能看到的，不同的是四季

玉兰花开了是春季

银杏黄了是秋季

也并不是每一个冬天都有雪。

需要补述的是

我在对面的窗子里

早已习惯了

喜鹊清脆的叫声。偶尔也能听到

乌鸦漆黑的嘶喊

像是它把一枚卡在喉咙很久的核桃

终于掷了出去

掷得很远

读后感

窗子看到的
跟我看到的并不一致
有时我会依据
外卖小哥脱离视线的方向，猜测
一个城市的方向
就像初夏时槐花透窗而入的香气
会让我质疑
槐树，以及它深藏的秘密。
而我注意到
那个穿黑衬衣的人
总是右转弯。常常把我的焦虑
带入夜晚
而黑夜，并不是一个视而不见的地方
有些事物在死，却像是
有些事物在生
一层层死，一点点生
沉着。持续。
我质疑过某种秩序
也质疑过人生。不是相互质疑
不是灵魂质疑肉体

证词

月光有白银的质地

小路，会在不远处拐弯。我并不需要

过于抵近

高高在上的一扇窗

留够充足的距离，才便于仰望。

其实这些原本是偶然的

我只是在散步的时候，偶然抬头

看到了你的身影。我只是

再次散步的时候，再次

重复了偶然。

我知道第三次应该更换一个词

其实更多的时候你并不在窗口

暖色调的灯光

像并不深奥的谜面

月光有白银的质地

世界是可以抵达的。树木

在道路上投下黑暗的阴影，或许挡住了

一些我们看不见的事物

向右拐

向右拐更像是沿河去散步

河水暗淡，缓慢

我跟它没有违和感

岸边是两排银杏树

收集的阳光已经足够多了

色泽华贵，亮眼

它们已是这个季节最圈粉的风景

可我不是来看风景的

我得承认我走错了路

错就错了吧，我也得承认

我有一种走错路的冲动

三月来信

梅花开了，玉兰开了，桃花

也开了。流水是新的

但它依旧会带走什么

摩天轮并不是最大的花朵

过山车的套路曲折，也并不真的

通向天空

当人们的尖叫像花瓣撒落，时间

也像是暂停了一秒

一秒之后钢铁并未衰老。而世界

已经不是原来的世界

在依然流行宏大叙事的剧情里

盛开着一些细小的事物——

一个药片，或者

五纳米

观陶

一尾鱼在陶上

罐内是水，是粮食

是一个部落的秘密

现在，时间倒空了它们

我盯着鱼

鱼不看我

鱼继续游弋

陶罐

只是它吐出的一个气泡

追火车

有一部印度电影

讲的是父亲整天梦想着做诗人

姐弟俩在芦苇荡中追火车

我也追过火车，在戈壁滩上

不像人们熟悉的电影剧情

不是亲人的生离，更不是因为爱情

仅仅是因为好玩儿，或者

假想那列火车上

有什么事情

末伏

树影，人影

都像是能够降温的力量

风也会加入进来

风吹草低

风吹树叶沙沙响。其实

每一片叶子都是相似的

正值盛年，它们还缺少必要的

警惕

或许，阴影只是看起来可亲

热浪更能够催生某种灵感。这几天

我想写诗

但是，去院子里摘菜也可以

摘下一枚半熟的果子

也可以

立秋

我们可以做很多别的事情，在中年
谈一场恋爱，或者
收养几只流浪狗。也可以
在水边钓鱼，在一棵树的阴凉下吸烟
一边吸，一边想

有一个词叫虚度时光
这么多年我一直
没能找到它的反义词。或许
一切都是有意义的
包括我们经历过的不幸、疼痛、焦虑
甚至失忆。也包括
别人的故事

夏天那么热，还是立秋了
有一天我们也许会发现，时光还在那里
是我们走远了
我们留下了沉默
我们留下的方式，像一阵风
也像一道水

白露帖

蒹葭苍苍

有时夕阳为它们银色的本质

镶上金边，有时脚下的水也燃烧起来

水鸟在火里舞蹈，像一场晚会

没有风是不行的，没有风

万物过于沉静

时间不易醒来，夜里的露水

也看不清我们

而我们，看到生命在头顶开出白花

经过，那么相似

愿望，那么相似

一群大雁飞走了，换个季节飞回来

也那么相似

小巷

喜鹊的叫声离我很近

当我拐进小巷时

"呱"的一声，我看到了一只乌鸦

那只乌鸦也看到了我

谈不上对视，也谈不上交换眼神

可乌鸦仍然像是

把剩下的"呱"咽了回去

它看着我从树下走过，走到

小巷的尽头

一直缄默不语

当我拐出小巷的时候

才听到另外两声"呱"，来自后方

有点潮湿。而喜鹊的叫声

始终很近

广安门

护城河曾缠绕的那座城早已没落
几处残存的标志物
与这道环形的河，有着过多的隔阂

河水流得很慢，却依然带走了时间
也带走了一些没能看见的内容
人们的样子
就像是不需要这些内容的样子

二月二，定律或法则

有一种向上的力量，就有一种
向下的力量。
云层越来越低，百花与新绿
向北狂奔
万物的姿态包容了本质

而我依旧是一只懵懂的小虫
依旧危险地
写诗。依旧做梦
明天就是惊蛰了
我不怕梦里的大手
把我从一个洞口，推向另一个洞口

天堂圣洁
地狱温暖

惊蛰细读

一枚叶子

像众多的叶子一样落地

因为意外，它预知了某个小小的未来

它不大的身子下面，一个虫洞

正在掘进

那时候只有为数不多的人

知道虫洞与黑洞的关系

只有为数不多的人

备好了玫瑰

此后有风吹大地

此后有雪大如席。此后还可以有

黑暗，秘密和节日

我何以确信，那第一声响雷

并不是点燃的，也与一对雪人的消融

无关。而万千小虫都有自己的路

为数不多的人，已经狂奔了

八百里

代言

在为你加冕之前
我需要剪去身上的刺
以免刺伤你，以免
你的鲜血从额头留下，经过面颊
像眼泪

在为你加冕之前
我需要小心地修剪自己，像修剪
一枝玫瑰。尽管它的颜色
与我的颜色一致
尽管我们的颜色，与血液的颜色
一致

在为你加冕之前
我需要偷偷哭过

玉渊潭

樱花阅人无数，依旧

独恋春风。小桥不是唯一的捷径

柳树也不是。柳树的细枝

指点了太多的曲折

相较于它的绿色，山桃，连翘

更让人相信，黄

是旧时光的金子。而红

再次年轻

清风中一对鸳鸯成为另类的主角

还是会有人把目光偶尔投向

电视塔的尖顶

它只是孤独地刺向天空，它深入

水面的企图，被一片涟漪

瓦解了

秋风令

有些声音来自枯萎的事物

路灯和树制造的阴影，铺在路上

如同秘密

凭借这张地图，黑暗与明亮

都可能走失自己

唯有风，吹断了时间

它停下来，等了一会儿

那个过马路的人

突然想哭

你说突然想哭

雨就下来了。天是灰的

表情冷淡，却依然稳重

不像是天下

有什么急不可耐的事发生

雨中的人，也很少行色匆匆

有人边走边刷着手机

有人不紧不慢

像继续着昨夜的思考。这是早晨

核酸检测点的长队曲折

却也整齐，只有雨伞是花花绿绿的

你说突然想哭

没缘由地想哭。不是因为悲伤

不是因为幸福。就像回家进门的时候

抖了抖伞

雨水洒落在楼道里

读报

你带来了口信和糖果

还有两个铃铛，一些故事

我拿起望远镜，站到窗前

试图看到些什么

我看到一个叫杏子的女人没有打伞

冒着雨

到小区门口取外卖

我看到一只雄性蜘蛛为了避免

被老婆吃掉，学会了弹跳

我看到

新证据显示地球生命始于陨石

我还看到火星上燃爆了一颗核弹

我看啊看啊

其实我是想看到

你收到了我寄去的土豆白菜

和挂面

葬礼

星云太美

恒星在那里诞生，也在那里死亡

被鹰带走的人，需要两朵白云

在自助果园

我在一棵苹果树下静静地看

越看越觉得

我们多像这些果子啊

如果我们就是这些果子

我只想吃掉

我自己那一个

旁边是棵梨树

一个陌生人

一边摘梨一边对我说

苹果现在还不熟

梨可以了。说完挑了一个大的

递给我

一棵树

果肉包藏的蜜汁和蜜语都不是秘密

邻家的花是否开过，是否还留着去年的果核

也不是

一棵树随风进入中年，与夜幕降临无关

与流水、与流水里摇晃的星星无关

甚至与风也无关

有什么打开了，像是一直就打开着

一棵树或许全身都裂满口子

可你看不到疼痛

看不到幸福

我有金属声

黄金，白银……

这不是对金银的取舍。人类为它们

赋予了相似的密码。钥匙

人人都知道，人人都困惑

而我有金属之声

像垂死的铜

铁器以及其他，依次受困于阴影

人类已经不年轻了

没有锈迹的金属是可疑的

我愿意用我身上的绿，交换你的黑

让我看起来更粗粝一点

看起来更适合

地域的大风。但这并不影响

我有时像骄傲的铜

没有锈迹是可疑的，甘于锈蚀

是可耻的。我们来自石头

成就于烈火

这多么矛盾。我还想矛盾地

把自己交还给石头，任它切肤地揉搓

任它把我当成一块铁

剥去阴影

浮云

会当凌绝顶。看危崖

也看浮云

看它的安详，看它轻慢地划过松枝

或是静谧地托着落日

等它托不动了，世界的另一面

就要日出了

落日研究

你在金星上建的驿站已经荒废多年

更多的人相信月亮

它只圆缺，不破碎

它发出的光适合让我看见那个

偷偷剪下围栏边几枝蔷薇的少女

而又无法认出她

你送给我的时间，我想留出一半

用来打醋、买盐

用来陪八十多岁的老母亲回忆

或者哀叹。与晚辈下棋，让他们听我唠叨

另一半就交给落日吧

随它跑下山坡，或者

一同坐在江边

子曰

哪来的这么多水呢

岁月晴好，江河平静

我不想掩藏任何一颗星星

你看，文曲还在大熊的脸上准备高考

昨夜我错过了两条微信

一条问：菜够吃吗？

一条说：还是囤点儿好

哪来的这么多水呢

早晨泡的柚子茶，还有大半杯

我却像是独吞了一颗水星

其实水星很热，火星很冷

有一种焦虑，能够俘获植物神经

午饭时我刻意只吃干的东西

今天的各种问候，我都不想回了

不想回

"哪来的这么多水呢？"

子在川上曰

第三辑

像岸边的树影
挡住一条河

清明

一小片可入药的连翘

金黄浓重。几树花

红得惹人生疑。草皮还没有绿透

我正好喜欢它的不足

条椅上，两位老人

让我想起还有一些事情无处安放

比如年迈的母亲依然乐于尝试

让一根线穿过一根针

而习惯穿着缝制衣裤的父亲

这么多年了

还是那么年轻

纪念

他活着时

没有叮嘱过我什么

他死去，也不需要我为他保守秘密

他的世界很小

小到沉寂。他活着

或者死去，就像是一小堆沙子

中的一粒，只有相邻的几粒沙子

知道。只有相邻的几粒沙子

平静

或者悲伤

七月十五

十字路口又多了一团火，多了
一袭烟缕

小街尽头的迷雾，侧身让了一下
飘进来的
不只是一些细弱的声音
人间有多少思念，今夜的窄门
就有多拥挤

年迈的母亲，拄着拐棍
望了很久
万物的慈悲，像是一直都在

春分

眼里有火的人都去看桃花了

而我心中有雪

我只需要一截桃枝

或者一根桃木棍

压住身影

我的罪恶在于

几乎倒空的瓶子，还残存

两粒药丸。其中一粒

貌似爱情

我的救赎在于

即使瓶中灌满春风

我也是个孤立的人

多年以后

路灯并不比月光更亮

我揽过你的肩膀

树干上的眼睛，有的闭上了

有的还睁着

护城河里有一些反光

河水黑暗、缓慢，不知去向

偶尔经过的汽车

是另一种沉寂

多年以后我才意识到

你正是从那一晚走失的

多年以后，我审问过那些树上的眼睛

它们有的还睁着

有的闭上了

春花辞

蓓蕾打开是花开

打开蓓蕾是开花

之前都属心事，或有隐情

喜悦与苦楚

也不是蜂蝶能够知道的

今年的春天在远处

门被锁住，窗在另一个方向

我不知道你

是否还能像花一样开放

你若不开，我会惆怅

你若盛开

我会心伤

居延海。某个片段

像两棵逆光的芦苇在芦苇中间
如此寂寞地相对，比邻，不用言语地交谈
是需要有一些风的
需要一些鸥鸟
突如其来地掠过水面或者相互呼喊
来修辞、分段

细节之外是苍白的
就像这片水之外，戈壁、沙漠
荒凉如此辽阔
就像一个冰凉的句号，提前如约
圈住一个不能再次相约的人

也许一棵芦苇的爱情可以像一个人
一个人的面容，有时可以不像桃花
也许记录一个片段
比拥有整个故事要好，就像两个人
或者一个人坐下来静静地看
云不起
芦花飞

无所思

你站的树荫下

还站着另外一个人

她的模样你不熟悉，也不陌生

像是你们曾在另一棵树下

一起站过。像是也这样

听着相同的蝉鸣，看着相同的树疤

站了很久

没有说话。而风

友好地经过了你们

在巷口等一份快递

可能是我多看了你几眼
引起了你的某种在意，你往稍远处站了站
像那棵树上稀疏的叶子，融入了当下的天气

我忽然有种莫名的失落，忽然有种冲动
想过去跟你说点什么。而你
就在此时转身走进了巷子，很快就不见了
有一些声音也进去不见了
有一些落叶
也飘了进去……

关联

街角的拐弯处，一个人
让我惊喜了一下。只惊喜了一下

——她不是你
我和你相遇时的惊喜，已经一下、一下
绵长得像是早春屋檐上冰溜的滴水
滴答，滴答
到了晚间，还会凝固、变硬

我能够，应该你也能够
感受到再一次的暖
暖过了，好像也就仅仅是暖过了
没有风来，没有花开
也没有沙子迷了眼，硌在那里
越揉眼泪越多

有些结果不是我最初想要的
却成为我所喜欢的。有些事物本无关联

比如一个拐弯，一段往事，往事的往事

却因为一个路人……

之后

重归平淡

梨花落雪

春风入心

却有凉意。不似夜晚月亮白色的凉

也不似某个早晨雪茫茫的凉

这一份凉，像是蓄谋已久的设计

多年以后，在我的目睹下

她遇见的自己，遇见了梨花

梨花落下

没有叹息

苹果还小

树挨着树，没有尽头

尽头的落日压弯了大地

夕光中的飘摇，是个秘密

我坐在树下

等一片合适的叶子。果子还小

还不懂金子般的坠落

还不懂

万有引力

非禅

一万年前跟我一起修炼的
是一朵云。一千年前跟我一起修炼的
是一滴水。十年前是你
现在，只剩下身体

身后是不大不小的风
是落花飞

陌生

右边的美女睡着了
脸微朝着我这一侧。这是多么近的距离啊
像两个亲密的人

起先
我看一眼，就很快移开目光
后来慢下来，再后来
我越来越觉得
她很像一个我曾经熟悉的人
睡姿也像

她仍熟睡着
一点一点地歪向我
在飞机降落触地的那一刻，她的头
挨到了我的肩膀

与伊人书

我热爱风雪中有质感的冷
尽管它如此苍白，尽管它
有时短得
像一场爱情

说好的大雪呢

它只是迟了一点
只是夜雨狡黠，篡改了它的内心
只是它在这个特殊的早晨
终于燕山雪花大如席，我刚想说
北京雪如白衣
泥泞的大地就拥抱了它

之后
不知它是躲进了天堂还是地狱
我去黄昏里找它，街上空荡荡的
难得有个人走过，我看到
口罩如雪，玫瑰如火

我爱你

表达这个意思是一个过程，是婉转的。现在
最好的方式是缄默不语

缄默的还有行为和身体。我也曾费尽心机
选择注视的方式，或纠结于恰好的距离
像诗人推敲着选择一个词
我为玫瑰着色，并据此别有用心。现在
可以不用了

现在不用啦，多好
不用熟记几个数字，也不用
挑战它们已经染指的意义。不用多想
也不会想多，多好

冥想

禅从古代来，始着玄衣，再着青衣
误入一场酒局，始素酒，再杂酒
大杯换小杯，一场生两场

诸法生于莲花，夏季死于荷塘
沾鱼与挖藕
白日灼心是一个讲故事的人

焚万念不如焚一心
焚一心不如焚一人。佛说冥想
是想，还是不想

有时

有时我并不需要想你

有时我分不清思想和肉体

哪一个更邪恶。有时我会一个人散步

穿过公园角落的僻静处，或者

在大街上，陪伴着喧闹的车流

渡过好几个红绿灯

我清楚我憎恨的东西

有时却交出时间

让它们带走

云向左飞

风来了，你迎着风跑

美若飞天。你顺着风跑

也成了风

我没有坐在高处，也没有坐在低处

正好抬头看你，仰头看天

天空有一只鹰，我的视线

也跟着盘旋

那天你说沙子迷了你的眼

我多想给你吹吹

如今的我已经不缺勇气

抬头看你不见你，仰头看天

朵朵白云向左飞

晴天里想起虹

城市里的人晴天雨天都打伞

那个叫虹的女孩打着伞

高过了屋檐

认识的那天我们喝的是乌梅酒

酒还是白酒，梅子已经藏起了它的酸

世上有多少贪杯的人啊

要醉就醉在山坡上

最好百草带露，或者雨过天晴

雨过天晴的彩虹多像一座桥啊

桃花梨花格桑花，从桥上走过的

都是我可以假装忘记的

忘记一个人并不难

忽然你的脸就红了

红就红吧，就当是喝酒喝的

就当是玫瑰染的。自此

你就喜欢上了红酒

你从哪里来，又到哪里去了

以及之后的剧情

都是可以忘记的

替你

有时捡起一粒米

有时放下一句话。有时为你捋捋长发

似也无关善恶。想陪你来

你没有挡着也就来了

就算要挡，像岸边的树影挡住一条河

我也无话可说

可路上那些磕长头的人啊

让我不好意思迈进大殿的门槛

那就替你点香，替你

把你转过的经筒再转一遍

替你躲过大好的阳光

在菩萨的屋檐下，等你

其实

我是很难分清那些菩萨跟佛的

就像很难分清草原上的花朵、卓玛和姑娘

吃斋

不外乎青菜豆腐，一碗白饭

你我钵中所盛看似并无不同

捧在手里，却各有轻重

就像佛说好吃

并非好吃

又似和尚敲钟我也敲钟

三声两声，从你内心经过的

哪一声飘向尘缘

哪一声

偶尔逃出了人间

感谢说晚安的人

我有攻击性，有时是矛

我有惰性，有时是盾。有时看似琴弦

却是弹棉花的弓

为我松软的人，像一个医生

给我喂药，送我入梦

再把我叫醒

妄语辞

喜欢走在雪里咯吱咯吱的声音

并不只是因为它使每一步

都有了距离感。你为我披上围巾

你给的温暖，能让我走得远一点

走过地铁站，走过三个红绿灯口

或者仅仅是走过小区的拐角

就能接近来生

那里有我久违的亲人

我并不在意他们以什么方式等我

我总是要去的。而此时

我会在一部经里阅读前世

我想求证

一些并不重要的事

比如你寄养在乡下的麻鸭

比如一些我们熟悉的生活

对风说

有时，你经过树林
像一个年轻女子窸窣穿过
有时你会从远处带来涛声
让我想起，我和她
各自看到的海
多么不同

我更希望你的有
像无一样轻柔，香息移动
如同我在翻书，而她
从我身边走过，或者坐下
我们都很安静，自如

老宅里的金桂

金桂开了

开在自家的院子里

香息静谧或随风而动

我在千里之外

看着邻居发来的照片

百度相关的词条——

"双子叶植物纲，唇形目

木犀科，木犀属，桂花种

小乔木，质坚皮薄，叶椭圆形

对生，经冬不凋。花生叶腑间

花冠合瓣四裂，形小

可制茶，可入酒"

这一段表述

是我在众多词条里挑选的

且经过了裁剪，拼接

不知那树金桂是否喜欢

在异乡

异乡的酒桌上我们有时会说说故乡

故乡的山川、土地、老房子……

故乡的姑娘像月亮

或者也会从野菜说到野花

从红杏说到村长

而这时

往往是酒至半酣的时候，往往是

把眼睛说成星星，把星星说成信物的时候

也是老文常把自己的杯中酒

偷偷倒给我们

我们不戳穿，也舍不得归还的时候

阴雨天

这样的天气是睡觉的好日子
我是指在早晨睡懒觉，或者
没有节制的午睡
晚间的早睡并不可取
那个时候支起火锅喝点小酒
是美好的

小酒喝成大酒也是美好的
某某醉了、吐了、说粗话了
某某在某某的脸上亲了一口
这一切依然是美好的
如果第二天你都不记得了
就更是美好的

挽歌

在流水里舀起落花

是残忍的

一个能摸黑去的地方

可能是温暖的，却并不一定就是熟悉的

与逝者告别，有时我们能够做的

也仅仅是一边歌唱

一边忏悔

入伏

——给津渡

人群中的那个你最孤独

有时是你。有时是一棵树
叶子一片，一片，往下掉

每一片叶子都能换一杯酒
每一片叶子，都醒着

红玫瑰

她哭泣。你感到无助
你的无助，使她
更无助。在你们之间

是一束玫瑰。初开，鲜艳
来不及怒放
来不及凋谢

感恩

感恩之后我就想索取

我需要一小份金钱、一小份虚荣

我需要退休之前按时上下班

我还需要爱小猫小狗

爱几个人

请原谅我没有说爱众生

在爱众生之前，我还需要一点时间

被爱

从济南到临淄北

从济南到临淄北，火车
停四次。为了不麻烦别人
我选靠过道的座位
整个行程不过一小时，期间
有几个迎面而过的美女
与我碰撞过眼神。忍不住
想多看几眼的
是两个背影

一直专注于窗外
像是忽然从浮躁的生活里
凝练了起来
这样的状态如同重物
能够快速沉入水底
如果不被打扰，或许
要等到出站时
才会再次浮起来

临淄北是个小站

来接我的是两位从未谋面的诗人

艾华昌，李少悦

我不想打电话

我想仅凭眼力

把他们辨识出来

上弦月

初一的月亮藏得深

看不见，也摸不着

初三的月亮太锋利，只能看，不能摸

初四的月亮还是一把刀啊

它伤过多少心

到了初七，心事初长成

守口如瓶，像一个安静的人

十四的月亮瓜熟蒂未落，是谁

急着往怀里揣？藏也藏不住啊

已似水，已如霜

可以照亮

一个思乡的人

友人

在遥远的西北

你替我照看一个小园子

园子里有一棵苹果树，一棵桃树

春天，一小片草坪会变绿

夏季，有一些玫瑰开放。西红柿和黄瓜

更像是观赏植物

每天下班，你都会来到园子里

浇水，施肥，修剪，

或者仅仅是在它们中间坐一坐

你不时也会给我发几张照片

让我看看它们最新的样子

有一次你婉转表达了担心

你说等我把园子卖了

你仍会惦记它们，这种惦记

不知该如何安放

当我认真地回复了你

你发来一个表情：

两只桑蚕般的眼睛像是在蠕动

四颗洁白的大牙很霸气。那样子

分明是

幸福的样子

如梦令

蝴蝶飞走了

不是在我打开那本书时飞走的

也不是在一个人的梦里

飞走的。它进入了闰月

像一种温柔的力量流落民间

像口口相传的谣曲

吹动人心

我的权限是使用一个怎样的词

描述它。比如用"迷恋"

还是用"迷失"。可你赠我的那张纸

一直都空着

一直都白着。

火星上有我的好兄弟

火星上有我的好兄弟

他们经历了不同的热与寒

学会了疼爱那些奇异的果子

一枚叫荒凉，一枚叫辽阔

还有一枚叫风暴

他们把风暴养在瓶子里，小心呵护

植入地下

却希望它永远不要长大

火星上有我的好兄弟

他们远离地球

我准备好了酒、岁月和诗歌

也准备好了探望和回家

测核酸

排队的人有着各自的姿态。之后

会走上各自的归途

他不确定她是否认出了他

已经平静多年，当她把棉签伸过来的时候

他还是用力地看了她一眼

而她像是用棉签在他喉咙里画字。那是一个

什么字呢?

或者两个字。他确信她曾穿着白裙子

像是来自大白相邻的维度

那一年荷花鲜艳，池水安然

空气凝固在 37.5℃

做完核酸回家的路上

一朵花絮砸中了他的肩膀

那种轻柔不是他能感觉到的

过街天桥

那个在天桥上纠结是否向桥下吐一口痰的
是我的兄长
那个蹲在桥面上卖布偶的沉默的
是我失散多年的发小
那个在桥头洋槐树的浓荫里与我拥抱的
是我的女神

我曾走错路，一小时之内三次走过同一个天桥
我曾站在天桥的中心，希望等我的人
能够早一点看到。现在

我想选一座天桥走过去，走到街对面
再走回来。然后
再走过去

那一夜

吊诡的是

生活中不曾有过的人

梦境中也会重复出现

我曾在入睡前备好一枝玫瑰

可那一夜她没来

我再次备好一大堆玫瑰，那一夜

连梦的碎片也没有

我也曾在枕头下藏好

一支枪。那一夜

他来了两次

我的枪，怎么也扣不响

霜降帖

谁在秋天开花
谁就是我的恋人

古马说黄叶是从心上撕掉的日历
而我的悲悯
只够在一片树叶上短暂地停留

你看那棵柿树，叶子就要掉光了
枝头的柿子却密集，火红
像是一场暴动

你看那片风景
它空洞的部分，恰好是可以
看到蓝天的部分

情歌

花有凋谢之美。你在等风
那个迟到的人，越过了栅栏

一棵树的好时光，也可以是
一片一片的叶子掉下来
它或者并不在意，你们看到了什么

很轻的叶子，颜色厚重。风
也吹不动

再一次分析桃花

像是第一次分析桃花

妆容散乱。像是再一次分析桃花

零落成泥

你假扮流水

流水是不怕被分析的。水滴石穿

水漫金山，水深火热……

你领受的悲情，只是

春风布施的一份小欢喜

你遇到回来的时间

像是在传递，像是在蔓延

像是再一次知道了万物的秘密

像是再一次

悲欣交集

向日葵

你有三朵向日葵

她们花瓣修长，火辣

光从脚趾流过，向上蒸腾

像三个打火机、三把火炬，点燃太阳

太阳不是一个好和尚

再过 50 亿年，或者 70 亿年

就会变冷，熄灭。

我担心总有一天，无法在天亮以前

使她们回到画面。无法取出

黑暗里的茶水和红糖

而你，化了妆，口红被一再涂抹

秒杀，或者封印了另外的一朵

大鱼海棠

我只想借用这个名字

就像一个故事的发生

往往无迹可寻。能够抵达的

所谓终点，或者一个停顿

也往往既不是事实

也不是内心

但它还是发生了

就像我现在，这么想借用这个名字

仿佛它是唯一的

就像我现在，大声读出来

——大鱼，海棠

才发现，是两个原本不相干的词

依偎在一起

忧伤

我知道，他们是喜欢你的

只是不说出来

他们担心你是一个形容词

他们会为你起一个有意思的别名

而我，默默想念你

不喊你

大声喊别人的名字

回复

我们有过富足的一段，现在
你说你已经破落了

我也很穷，你给我的
有些我不想还
有些还不起

恋爱

小时候采蘑菇，母亲总说：
好看的蘑菇有毒。别采

成年后，遇见她，你想知道
她的毒
藏在哪里

草

我有了绿色的心事

有了绿色的心事，心里就像长了毛茸茸的草

就像一望无际的草原，开满狂乱的野花

就像向古人借了一匹好马

长风里，蓝天下

可我的心事不能说出来，说出来

就黄了

然后

我看见一个过路人向小摊主借火
神态动作，很像一个已逝的哥们儿
然后
我也凑过去，借了一支烟。然后
我这个不会吸烟的人，一边离开
一边咳嗽

看山

眼前是寥廓的夜空，背后是蜗居

如果视线再好一点

就能看到西山了。可看到西山又怎样

到了这样的年龄，无论身在何处

都应该学会感激

我的贪恋已经不多

我只是希望，在夜晚也能和一座山

相互之间望一望

中国好诗

心上没有诗，就像地上没有花朵

扫码进入小众书坊有赞商城
京东小众雅集专营店
购买本系列丛书